PRÉFACE, AVIS,

DISCOURS PRÉLIMINAIRE.

A PEINE un Sallon, fi-tôt une Critique; eft-elle néceffaire? oui : bien à-propos? non : au moins c'eft un fruit de l'année, qu'on goûtera ou qu'on rejettera felon fon humeur. Celui que je préfente tire fa faveur de plus d'une terre; c'eft incroyable, la peine que j'ai prife à l'amener à fa maturité. J'ai eu befoin de la froide indifférence des gens difficiles, de la joie larmoyante des idiots qu'un rien tranfporte, de la douce chaleur des faifeurs de pointes, & puis du bouillant enthoufiafme des détracteurs, comme de ceux qui prônent ; il m'a fallu mitiger tout cela avec foin, avec intelligence : voilà mon feul mérite. De plus, quand on

A 2

faura que je fuis aveugle, on ne fe doutera d'aucune malice de ma part; mon infirmité m'en préferve : n'importe les Arts pour lefquels je dicte; que les fourds pourfuivent fur la Mufique leur raclerie univerfelle, on ne pourra s'arrêter encore à la nouveauté d'un homme fans yeux, qui décide de la Peinture. Donc je fuis tranquille, & mon zele s'accordera de refte avec l'équité des Sages, qui profitent de tout ; avec l'indulgence des gens cauteleux, qui trouvent fur rien maille à partir. Je la réclame cette indulgence, en étant fûr de l'autre : qu'on me l'accorde, je fuis content; qu'on me la refufe, je m'en paffe : j'ai bonne intention, l'humeur candide; j'aime le bien, je le fais : honni foit, après cela, quiconque voudroit darder fon mot !

INTRODUCTION.

DANS les premiers jours de l'ouverture du Sallon, je m'y fis conduire, non pour voir, vous préfumez bien, Lecteur, mais pour entendre. Ces momens offrent une fi belle cohue ! Il y a, fur le nombre des fous, fi peu de gens fenfés, que j'avois-là de quoi rire : aufli la belle humeur qui m'en refte, pourra durer jufqu'à l'expofition prochaine. C'eft peut-être le feul temps de ma vie où je ne me fois pas foucié de la vue ; les propos fur la valeur des objets étoient fi nombreux & différens, l'opinion fi vague, le ton fi bizarre (comme les Claffes), que je me difois : *A quelque chofe malheur eft bon.* Si je voyois, le preftige que produit cette Affemblée cefferoit ; je ne prendrois pas garde à celle-ci ; j'aurois des yeux, mon fentiment, ma vanité comme les autres : je leverois la tête, & Dieu fait les belles chofes que je dirois ! Ce que la Nature fait eft bien fait. Je ne devois pas voir, pour refter prudent, réfervé, pour tirer avantage des lumieres des autres. *Amen.* Enfin, j'ai donc bien écouté ; quand j'aurois eu les oreilles auffi larges que celles du Coloffe de Rhodes, je n'aurois pas encore recueilli le

A 3

fommaire des chofes qui fe font dites. J'étois dans le fatras jufques pardeffus la tête ; c'eft comme un miracle que des affertions m'aient frappé, que des narrés burlefques m'aient ré-joui. On jugera aifément de ma peine ou de mon plaifir, par l'idée que j'en vais donner.

Parmi tous les Perfonnages entraînés vers le Louvre par la curiofité, il y avoit une nom-breufe famille de Plébécules, dont le Chef, fai-fant l'érudit, donnoit de chaque Tableau une explication femblable à la chanfon du grand Coufin ; fans qu'il s'agît alors de porter le Dia-ble en terre, elle étoit fi originale, fi plaifante, que le Cheval du N°. 78 en auroit ri, s'il avoit pu l'écouter & la comprendre. Je m'attachai donc à fuivre ce redoutable Savant, feulement pour mettre de la diverfité dans mes amufe-mens ; mais comme il ne faut pas fe contenter de bourdes, je laiffai une oreille tendue à la Critique, qui tirailloit de toutes parts. Qu'on me fuive donc, & l'on fe croira bientôt à la place que j'occupois, non pas tel qu'un être qui n'avoit que le rire de libre, plutôt quel-qu'un qui n'offufque pas plus dans fa jouiffance qu'un grain de fable au large bord d'une mer immenfe.

PIQUE-NIQUE

Convenable à ceux qui fréquentent
le Sallon.

L'HOMME DU PEUPLE.

AH ça, vous autres, ne m'interrompez gueres ; ayez de l'attention. Nous voilà dans la cour, & ces six Figures ne font pas-là, comme on dit, pour des prunes. Laiffez-moi approcher, me reconnoître ; car l'homme le plus favant ne devine pas toujours. Ah ! j'y fuis.

Ce Vieillard, au rire malin, eft Voltaire ; il avoit de l'efprit comme un Dieu, & parfois comme un Diable : le voilà qui fixe M. de Tourville, qui étoit brave comme M. d'Eftaing ; il lui dit : — Mon Amiral, votre contenance annonce votre gloire ; mais ne craignez pas d'obéir, cet ordre n'ôte pas une feuille de vos lauriers : après cela, calmez votre courroux. — Morbleu (répond l'autre) ! je ne puis être de fang-froid, voyant M. de Catinat *faigner du nez* la veille d'un jour de bataille ; encore, qui pis eft, fe déguifer en Pauvre, vendant des images.

A 4

Je l'aimois, il me valoit bien pour la conduite & pour la mine; j'en appelle au témoignage de M. de Montaufier. — Moi, Meffieurs (dit ce troifieme tournant la tête), je ne me mêle pas de vos affaires, encore moins de folliciter pour vous, puifque j'ai les bras courts; adreffez-vous à M. Pafcal, que je ne me foucie pas de voir : c'eft un bon homme, *qui n'eft pas mal bête*. — A d'autres, on m'apoftrophe (dit le Géometre). — Eh! Monfeigneur, pour votre bien, tournez-nous votre mine; voilà un Dieu de la Fable qui l'amollira. — Mortels (reprend Vulcain), je vous en prie, qu'à votre différend je n'aie nulle part; fi j'avois le malheur de dire un mot, ce Purifte, affis derriere moi entre le zift & le zeft, me traiteroit de corps lourd, de petite tête : auffi-bien, laiffez-moi effayer à refpirer; cela foulevera le bas de mon *fternum*, l'infertion de mes premieres fauffes côtes, & renflera la partie fupérieure de mon mufcle droit.

LE CRITIQUE.

— Les premiers regards & les plus grands éloges font pour M. de Tourville; jamais le marbre n'a été plus animé, & travaillé avec une facilité fi inconcevable : cette Figure venge bien M. Houdon des lazzis qu'on s'eft permis contre lui, lorfqu'il n'avoit que l'occafion de

faire des Portraits. Rien n'eft plus ingénieux
que l'inftant qu'il a faifi ; cet ordre produit un
mouvement qui tire cette fuperbe Figure du
parti connu. Courage, Monfieur Houdon, vous
allez à l'Immortalité.

Il y a des beautés dans le Vulcain ; fur le
refte, l'Homme du Peuple a critiqué jufte, en
ne voulant qu'expliquer.

L' H o m m e.

N°. 1ᵉʳ (1). « Seigneur, je ne fais de quel
» pied partir. — Laiffez-moi, ma mie, j'ai la
» migraine. — Allons, vous ne foufirez pas
» affez de ma féparation pour vous tenir la
» tête ; ôtez votre main, vous faites le douil -
» let ; eft-ce parce que vous êtes beau garçon ?
» — Ma bonne amie, pleurez mieux de mon
» chagrin ; ceux de ma fuite, comme vous
» voyez, ont de vilains yeux :' j'ai fi peur
» qu'ils ne perdent bientôt la vue, que j'ai
» déjà pris la précaution de donner de grands
» bâtons à ces deux Vieillards-là. — Dites
» auffi la robe d'Aveugle. En vérité, vous vous
» épuifez pour votre parure, fans vous foucier
» de la mife des autres. Croiroit - on jamais

(1) Il eft abfolument néceffaire, pour l'intelligence de
cette Critique, d'avoir vu le Sallon, & d'en avoir le Livre
à la main.

» ces gens de votre Cour ? — A propos , dites-
» moi quelque chofe de mon tapis ? — Cer-
» tainement on les fabrique au mieux dans vos
» Etats ; pourquoi n'y fait-on pas fi bien les
» vaiffeaux ? en voilà qui ne font jamais venus
» ici à la voile ni à la rame ; regardez plutôt.
» — Je ne me dérange pas, Mademoifelle :
» on me regarde, on me deffine ; je fuis-là pour
» deux heures ».

LE CRITIQUE.

Ce Tableau vient de Rome : fa couleur
annonce que le Peintre va prendre fon anilla
fur les belles chofes qui font dans cette Mé-
tropole. Quant à fon deffin , fes caracteres , fon
beau pinceau, nous connoiffions tout cela ;
nous lui devons favoir un gré infini du ton
de ce morceau, qui feroit digne en tout de
ce grand Maître, fans la bonhommie, peut-être
auffi la gaucherie de certaines Figures. A l'ordinaire de M. Vien , il peche par l'effet, aucune Figure n'étant jamais rifquée dans l'or-
bre ; & puis , tous ces vifages ne font pas res
portraits des Héros d'Homere. Malgré cela ,
tout ce qui dépendoit de la bonne volonté
de l'Artifte, pour rendre cet ouvrage précieux ,
y eft écrit excellemment, je veux dire le mé-
canifme ; de ce qui vient du génie, la Nature
l'a marqué elle-même : tant pis fi l'Individu

n'en a pas reçu, il nous en donneroit. Ce Peintre eſt donc tout ce qu'il peut être. Honorons ſes efforts, ſes ſuccès; & diſons que l'Académie tireroit de lui ſeul toute ſa gloire, ſans ces Meſſieurs Ménageot & David, qui l'approchent à pas de géant.

J'aime à comparer un Auteur avec lui-même. Voyez ce Tableau, & puis celui de S. Denis à Saint-Roch, vous jugerez de l'étonnant avancement du Peintre dans la couleur. Il paroît s'enfoncer dans les recherches avec tout le courage & l'intrépidité d'un jeune homme. *Vivat* Monſieur Vien; *vivat !*

L'HOMME.

N°. 2. « Jupiter, aimez-vous les côtelettes de
» mouton toutes ſimples ou à la braiſe ? Voilà
» une brebis la moins galeuſe que nous ayions,
» qui fera votre affaire. — Me prenez-vous
» pour un Jocriſſe, à me propoſer un pois pour
» avoir une féve ? Fi, gens de baſſe-mine,
» retirez-vous avec vos vilains bras, vos vi-
» laines mains : par le Styx.... — Bellement,
» cadet, vous vous oubliez; la Halle vaut bien
» l'Olympe pour rire de votre air flandrin.
» Mais, diſons mieux, que faites-vous-là ?
» — Ma foi, triſte figure ! — Deſcendez-en;
» nous avons encore un habit de Théâtre,
» vous le mettrez, vous ſerez de la Fête.

» —Pour le coup, quel merle ferois-je ! Je me
» fuis moqué de vous ; je refte. —Reftez ».

LE CRITIQUE.

Nous ne faurions donner trop d'éloges aux
petits Tableaux de M. de la Grenée l'aîné; fa
Vifitation eft un fi beau morceau , par l'effet,
l'expreffion, l'amabilité du coloris, que nous
voudrions de tout notre cœur le N°. 2 fondu
dans cette proportion. Il y a des beautés de
détail dans le *Marcellus* , mais on n'y lit pas
l'Hiftoire grandement. C'eft à regret que nous
fuivons l'obligation d'engager ce Maître à ne
faire que des ouvrages de chevalet. Les N°ˢ.
12 difent affez que nous ne prenons rien fur
nous.

L'HOMME.

Tiens, tiens, Pierrot, quand la voifine Gau-
dichon , les foirées d'hiver , t'amufe de fes con-
tes , tu lui demandes toujours comment font
les ogres, les loups-garous? Regarde ; en voilà
de la plus belle efpece, qui effraieroient tous les
Poucets du monde. Tu fais que ce font de grands
tueurs , des mangeurs de gens : auffi celui-là
qui a fes bottes de fept lieues , menace de
mettre Dieu & hommes en hachis, de brifer
ce char de verre , ces chevaux de porcelaine,
fi l'on ne chaffe bientôt les poliffons qui s'a-
mufent loin de là à éparpiller la lumiere avec

des miroirs. Vous autres, n'épluchez pas de fi près. Les ogres vivent & agiffent, bien qu'ils aient les os difloqués. Un bras fe démet-il, une jambe fe caffe-t-elle, tout cela refte fans qu'ils fe foucient d'appareil. Oh dame ! cette exiftence invulnérable eft admirablement indiquée dans ce Tableau. Jennevote, toi qui es Nourrice, profite de cette peinture ; quand ton marmot t'impatientera, ne lui parle plus de la bête ; apporte-le ici ; fais-lui voir ce numéro : numéro dix-neuf, retiens bien.

LE CRITIQUE.

Ce Tableau a un ton de couleur chaud & bien foutenu.

L'HOMME.

Allons, friandes, ne vous approchez pas de ces figures de fucre d'orge ; ce ne font pas, comme vous voyez, des hommes fortis des cailloux de Pyrrha.

« Mes Officiers, dites-moi, je vous prie, » l'heure qu'il eft ? C'eft incroyable qu'il ne » faffe ni jour, ni nuit. — Romain, nous ne » le favons pas plus que vous : mais devinez » d'où nous fortons ? — Ma foi, je ne le » pourrois. Ah ! ah ! d'où vient ce ferpent qui » fe tortille ? .... heu.... — Ne tremblez » pas. La cruche ! il s'effraie d'une racine d'ar- » bre. — Allons, c'eft bon. Voulez-vous ce-

» pendant qu'il m'en coûte bouteille ? Il fait
» frais dans ce pays, & l'on y vend tout à la
» glace. — Volontiers ; faites-la tirer là haut
» aux Martyrs ; nous fommes à vous (1) ».

N°. 21. C'eft une Réfurrection où le bon
Dieu ne finit pas. Ce tableau eft riche en bras,
en jambes & en vifages.

LE CRITIQUE.

Il y a de la vérité dans les petits Tableaux
de M. Lépicié ; c'eft dommage qu'ils foient
pauvres de couleur.

Il y a du pittorefque dans la compofition
du N°. 26, de belles figures, beaucoup d'action
& d'accord : d'ailleurs il y a du temps que fon
eftimable Auteur a fait fes preuves ; par malheur ce morceau eft dans un coin.

L'HOMME.

N°s. 32 & 33. Je ne fais pas : voilà un cheval qui prend des licences, en faifant un vent
au nez de la compagnie. Et ce Saint qui
chante :

Je fuis affez fottement fait,
   Que je donne à rire,
   Que vous allez dire !
Saint Paul auffi prête au cadet,
Mais grace à L.... cadet.

---

(1) Montagne de Montmartre, Guinguette de Paris.

L'HOMME.

N°. 34. Catau, Jennevote, Babet, venez-çà; vous n'avez jamais vu l'Opéra, que je vous le fasse voir. Regardez ce N°. : voilà quatre Danseurs qui exécutent une entrée devant cette Romaine fort en négligé, qui chante, dès qu'elle les voit : *Guerriers, quels bras avez-vous là?* Toute la décoration est bien saisie. Il y a toujours des édifices qui penchent, des trappes prêtes à s'ouvrir. D'où vient que la Princesse s'enfonce & qu'elle va disparoître ? Vous me dites que toutes les femmes sont laides, mal habillées. Là, là, ne vous récriez pas; ce sont des Actrices qui ont abusé de la fortune en usant leur beauté.

N°. 38. Et cette Annonciation, n'est-ce pas un beau présent à faire ? Un Peintre peut donner ainsi, sans jamais craindre de s'appauvrir.

LE CRITIQUE.

Après avoir vu le N°. 37, allez à Versailles dans la Salle du Trône ; un beau Tableau de ce même sujet par *le Guide*, vous persuadera que M. de la Grenée le jeune se néglige, & que nous y perdons avant lui.

L'HOMME.

N°. 78. Parbleu ! Basile, tu es ici fort à propos : toi qui ouvres Auberge sans avoir d'enseigne, achete ce Tableau ; tu en auras

deux au lieu d'une : pour les Piéto ns qui paf-
fent fraîchement le matin , ce fera *au Point du
Jour ;* & puis *au Cheval blanc* pour les Voya-
geurs opulens , qui s'arrêtent là où il plaît au
poftillon. J'ai vu quelque part le modele de ce
grouppe. Eh ! mon Dieu , c'eft dans le travail
d'un Maréchal, où une grande roffe étoit pen-
due par la tête, avec fes quatre fers en l'air.
L'opération exigeoit qu'un vilain Forgeron fût
en croupe ; c'étoit cela tout jufte ; il ne man-
que que le licou : mais il y a en échange un
gros fonds bleu , des coins puces , qui ajoutent
au plus bel effet du monde.

N°. 94. Je vous le difois bien que le feu de
l'Opéra avoit été vu de trois cents lieues,
puifque là des Payfannes d'Italie le découvrent
par une croifée de leur Village. Oh ! oh ! de
fi loin il étoit bien petit ; puis à l'heure de
l'accident, l'intérieur de la chambre de ces gens
devoit être obfcur : c'eft ce qui rend cette en-
cadrure noire.

Bafile, tu me demandes fi j'aimerois ce Tableau du lendemain , comme fi c'étoit celui
d'une noce : non, non, non ; ou l'on ôteroit
ce fouillis de féraille, de monde, de Pompiers ,
fur-tout ce grouppe d'une victime qu'on em-
porte fur un brancard ; le fouvenir qu'il donne
eft trop pénible : auffi-bien les porteurs tombent
en

en devant ; il me faudroit déja les compter au, nombre des malheureux. Qu'un autre que moi en tienne regiſtre ; je ne ſuis pas aſſez indifférent pour cela.

« N°. 134. Soutenez vous, mon fils, soute-
>> nez-vous. — Je ne puis, Madame ; mon bras
>> m'entraîne. — Redreſſez-vous au moins. — Je
>> n'oſe ; vous apperçevrez ma jambe de bois.
>> — Après, votre mine en eſt bien. — Ma
>> mere, puiſqu'ainſi vous agiſſez ſans façon ,
>> oſerois-je dire que vous êtes laide ? — Quoi !
>> un Manequin ſi-tôt s'oublier ? A moi, mes
>> Statues de ſel ; tombez ſur cet audacieux,
>> réduiſez-le en poudre à mettre ſur l'écri-
>> ture ».

LE CRITIQUE.

Une draperie paſſable fera-t-elle prendre tout le reſte pour de l'Hiſtoire ?

L'HOMME.

N°. 145. Voilà un tableau qui a donné bien de l'ouvrage à la rue de la Lingerie ; tâche, Catau, toi qui blanchis, d'avoir la pratique de ces Demoiſelles : pour peu qu'elles tiſonnent, elles doivent ſalir bien du linge. Mais quand tu mets ta belle juppe écarlate , ne t'aviſe pas de la paſſer ſur tes épaules ; à cette folie, ton Amoureux ſeroit plus ému que tout ce monde-là : un regard de ſes yeux ſeroit plus brillant que

B

ce feu qui defcend comme du fang de bœuf,
au moyen d'une feringue. « Grande Déeffe (dit
» ce vieillard), ne foufflez pas le mot, finon
» vous dérangez la ligne de mes Veftales; les
» mines grifes viendront du fond du Temple
» fur le devant, & puis mon fyftême d'harmo-
» nie fera changé. Voyez l'accord parfait ima-
» giné, pour la premiere fois, avec une diffo-

» nance ⎰ Blanc.
⎱ Gris.
⎰ Rouge.

LE CRITIQUE.

C'eft dommage que le morceau foit mono-
tone; il eft d'un très-beau faire : l'Auteur eft
capable des plus belles chofes.

L'HOMME.

Paffons vîte, paffons vîte; je tremble devant
cette place fatale à tous les êtres, depuis les
Saints jufqu'aux chevaux. Voilà encore un grand
Miniftre qui éprouve un malheur. En vérité,
fi j'étois Juré-Crieur, je ferois préfent d'un
beau drap noir, qu'on tendroit-là, au milieu
duquel je tracerois en or ces trois initiales,
D. R. C.

LE CRITIQUE.

N°. 147 eft un beau Tableau.

N°. 153. Ce numéro eft gracieux. L'Apol-
lon & le Sarpédon font deux belles figures;

je voudrois un peu moins de maniere dans les aîles de la mort : cela n'eſt rien.

L'H o m m e.

Nº 201. Oh ! oh ! notre ménagere, il ſemble que tu ſois en amitié avec l'Auteur de ce tableau, pour que toutes ces femmes te reſſemblent, qu'elles ne ſoient ni belles, ni bonnes. Jarni ! comme elles grimacent ! Je plains leurs maris, s'ils ſont auſſi endurants que moi. Connoiſſez-vous Monſieur Luſtucru, expert pour amollir ou refaire les têtes du ſexe ? Eh bien, il reſte à Beauvais ; ſa boutique eſt ſur les remparts de la Ville, où il n'a pas débit à ſa marchandiſe, toutes ſes pieces étant encore l'une preſſant l'autre à ſon étalage. Corbleu ! c'eſt pourtant là un talent à bien exercer ſon homme.

Le Critique.

Il y a de très-bonnes choſes, un peu françoiſes néanmoins.

Nº. 203. « Pends-toi, brave Crillon ; nous » avons *vu le Sallon*, & tu n'y étois pas ».

L'H o m m e.

Nº. 169. Allons, mon ami, ceſſe d'être roide & gauche ſur la hanche. Je le vois, tu tiens aſſez bien les bottes en forme : mais il ne s'agit pas de cela. Veux-tu de cette croix, de ma fille, pour ne pas parler de mes jambes, ni de ſes bras ? Voilà ſa mere ébaubie, qui t'écoute.; elle l'a déja grondée fur la mine qu'elle fait. Victorine tè trouve l'air fi commun, qu'elle craint une méfalliance. — En vérité, mon Commandant, je ne fais trop quoi faire : vous me donnez-là une poupée ; c'eft une femme qu'il faut à un Militaire : que vous en femble ?

LE CRITIQUE.

Les Connoiffeurs qui voient cet Ouvrage, s'écrient unanimement: *Crucifige, crucifige* (1).

N°. 51. Il y a de l'effet dans ce N°.; un peu moins de maniere, de reffemblance dans les têtes, une couleur moins jaune, ce morceau feroit en tout eftimable.

M. Vernet eft toujours impofant & fublime, fon âge fait une paufe.

Une vérité frappante nous fait regretter que M. Roflin n'ait mis que des Buftes au Sallon.

Par l'étonnant efprit qui regne dans les Tableaux de M. le Prince, nous fouffrons avec lui la perte de fa fanté. Pourquoi ne peindra-t-il pas toujours ?

_____

(1) Ce mot fait allufion à un ufage de l'Académie de faire une croix fur le revers des morceaux qui ne valent pas d'être expofés. Nous nous fervirons auffi de cette rubrique plus bas envers ceux qui font au-deffous de la critique.

N°. 59. Il est venu, s'est montré avec honneur ; il s'en retourne.

N°. 72. Comme à l'ordinaire.

N°. 108. Le mérite de M. Casanova nous fait déférer à son intelligence , pour juger si le soleil n'est pas trop élevé sur l'horison , pour être encore si pâle dans le N°. 86 , & si la lumiere du flambeau dans le N°. 85 n'est pas trop blanche.

N°. 99 , est une assez belle gouache.

N°s. 104 & 107. ✠

Il y a d'assez jolies fleurs, du raisin assez mûr pour le temps.

N°. 193. Avec tant d'habileté , il faudroit penser à l'effet, au dessin , à *la vaguezze* , &c.

N°. 118. C'est un Marguillier qui a rêvé ce projet.

N°. 119. Et compagnie : hélas !

N° 127. *Bravo.* M. Pérignon , vos gouaches ajoutent à votre réputation ; elles sont aussi attrayantes que votre commerce personnel est égayant.

N°. 161 & suiv. Fort bien, Monsieur Hall.

N°. 170 & suivans. Pour la seconde fois des ✠ ✠ ✠ autant qu'il y a de Postillons au char de Sainte Rosalie.

N°. 216. Coussi, coussi.

N°. 154. Risquez , Monsieur Spaendonck,

B 3

quelques fleurs dans l'ombre; foyez un peu moins prodigue de lumiere , & vous ferez *Baptiste*, étant déjà *Van-Huyſum.*

N°. 135. Votre faire eſt délicieux; vous êtes le Roi des Miniateurs , Monſieur Weiler, quoi qu'en diſent les jaloux du Métier , en beaux habits, en belles manchettes.

N°. 165. *N'oubliez pas Iphigénie , digne d'un moins funeſte ſort.*

N°. 198. Un ton un peu moins égal, & puis *bravo* au fini de M. de Corte !

N°. 209. Nous avions beſoin de vous , Monſieur Hue ; votre Marine eſt belle, ainſi que votre forêt : votre clair de lune fait les honneurs à ſon voiſin.

Agréer 217 & 222, c'eſt, pour appaiſer des enfans , leur donner le hochet.

L'HOMME.

Tout plein de gens , Baſile, diſent : Après ceci ou cela, il n'y a plus qu'à tirer l'échelle; eh bien, entre nous ce ſont les cordes. Vois la belle collection chargée d'oripau ! quels cadres, quelles peintures ! Dieux ! que l'enſemble en eſt beau ! quelle richeſſe pour les yeux ! Si les Tableaux ſuivent la deſtination naturelle de leurs bordures , pour le coup nous verrons la vérité dans le puits. Ce goguenard de Terney reviendra - t - il alors de

l'autre monde pour nous dire qu'elle n'y fera
pas ? Si je fais la réflexion que malheureufe-
ment le Temps détruit tout, appréhenderons-
nous que ces fuperbes ouvrages périffent par
l'eau ? Non, le feu, plus actif, lui ufurpera
cet honneur. On dit que les créateurs de cette
fainte douzaine, inquiets, tremblans, depuis
l'ouverture du Sallon, difent en particulier à
qui les voit : *Quò ibo à fpiritu tuo ? & quò à
facie fugiam ?*

AUX DERNIERS LES BONS.

LE CRITIQUE.

Reprenons le ton le plus férieux, pour parler
du Tableau 151, qui eft, fans contredit, la
perle du Sallon. Difpofition, effet, couleur,
expreffion, deffin, beau faire, tout s'y trouve
à un degré élevé; tout y eft frappé au coin
d'une intelligence peu commune : il n'y a rien
qui foit autrement qu'il convient; beau Tableau, qui juftifie les Gens-de-Lettres fur le
reproche qu'ils font aux Peintres de s'attacher
trop au Coftume Romain, puifque celui-ci
n'en eft pas moins intéreffant avec des pour-
points & des hauts-de-chauffe tailladés. C'eft-
là un Peintre que notre Ecole doit citer. Celui
qui pratique fon Art avec ce fuccès honore la
Patrie, vit pour elle; il devient digne par con-

féquent d'une deftinée femblable à celle de fon Héros.

Une touche de lumiere fur la pomme du fauteuil l'attireroit en devant, où il n'eft pas affez. Dans le N°. 152, le Temps pourroit être un peu plus correct; c'eft-là tout ce qu'on peut reprendre. Pardon, un million de pardons.

Admirons auffi les deux Morceaux de M. David, qui font fans numéros: l'un eft Saint Roch, qui prie la Vierge dans une Pefte publique; l'autre, Bélifaire recevant l'aumône. Le pathétique qui regne dans ces ouvrages fait que l'on fouffre de la douleur des Peftiférés & de la mifere du Héros. Quelle énergie dans le premier! quelle grandeur dans l'autre! comme la Nature paroît avoir donné à l'Artifte l'intelligence pour concevoir & rendre la fenfibilité, pour pénétrer! Voilà encore un Peintre, celui-là; c'eft le feul rival de M. Ménageot: l'envie de rompre le parallele de leurs réputations va fûrement valoir à la Nation des chef-d'œvres dignes du dernier fiecle. Continuez, Monfieur David, vous êtes deftiné pour les plus grandes chofes; je veux vous voir, au Sallon prochain, à côté de Jupiter: alors votre élévation excitera mon zele; &, parlant une feconde fois le langage de la vérité, j'aurai le plaifir d'affronter les fifflemens de l'Envie, en les couvrant du bruit de vos fuccès.

SCULPTURES.

Quelques Buftes.

Une belle Figure en plâtre, grande comme nature, de M. Mouchy.

Une délicieufe Figure de femme, en marbre, de M. Foulon, fans numéro.

C'eft à-peu-près tout.

GRAVURES.

On arrive, on voit, on fuit.

DESSINS.

M. Cochin jouit d'une trop belle gloire pour que nous penfions y ajouter par l'éloge que l'on doit faire de fes Morceaux.

Les deux Deffins du Sacre & de l'Illumination de Verfailles font admirables ; le faire précieux & agréable de M. Moreau lui a bien acquis le titre nouveau que l'Académie joint à fes autres titres.

ESPECE DE CONCLUSION.

N'AYANT plus rien à voir, plus rien à dire, tout le monde s'en alloit en gémiſſant de l'étendue de la médiocrité. D'où dérive-t-elle, diſoit-on ? Chacun raiſonnoit d'or ; cependant aucune définition n'étoit convaincante. Moi, je dirai que ſi les Artiſtes étoient de bonne foi pour eux & pour les autres, concevoient juſte, il n'y auroit aucune médiocrité dans les Arts ; ceux qui s'y adonnent, connoiſſant leur capacité, les pratiqueroient avec éclat, ou y renonceroient avec ſageſſe : la route de la célébrité ne ſeroit plus dégoûtante, tortueuſe & ſi long-temps équivoque. Le vrai mérite, ſi-tôt apperçu, ſeroit reſpecté ; l'Envie ne multiplieroit plus les obſtacles, qui arrêtent le génie dans ſon vol extraordinaire ; perſonne impunément n'afficheroit l'enſeigne des talens, & ce que nous aurions de Peintres & de Sculpteurs, en faiſant de leur mieux, ſeroient bien. Oh ! qu'il ſeroit attendriſſant de ſavoir que l'amour ſeul de l'Art feroit prendre l'ébauchoir & le pinceau ! La vertu, l'adreſſe de l'homme ſeroient appliquées toutes à l'avantage de l'hu-

manité, & le fuccès des Arts nous rappelle-
roit à des pratiques fociales & civiques, dont
peu d'entre nous femblent fe fouvenir. Cette
conduite des Artiftes les rendroit des demi-
Dieux ; affez fages pour édifier, affez puiffans
pour inftruire , nous n'aurions qu'à ajouter
à la diftinction qu'ils s'arrogent. La Critique
feroit fans voix ; au lieu des plus défagréa-
bles vérités, même du filence ironique d'une
malice timide , la reconnoiffance placeroit
de finceres éloges. Le Monarque, fatisfait de la
difpenfe de fes dons., le Citoyen du fruit qu'il
en verroit naître, Chef & Sujets., tous s'uni-
roient pour honorer des hommes parfaits :
tant de faveurs , d'égards., feroient le crépuf-
cule d'une brillante immortalité , & pas un
Artifte ne fermeroit les yeux à la lumiere fans
la certitude de fe furvivre.

· Lorfqu'un grand Roi fur le Trône, un Mé-
cene à fes côtés , des faits guerriers à célé-
brer indiquent le principe pour agir, la grandeur des fujets à retracer , j'augurerai que
des nouveaux *le Brun* pourront tranfmettre ,
dans tous les lieux, l'héroïfme de nos Alexan-
dre : il en eft encore qui acheteront les re-
grets, le fouvenir des fiecles poftérieurs par
l'abnégation totale d'eux - mêmes, par les
veilles , les efforts, en un mot par tous les

inſtans de leur vie ſacrifiés à la Patrie; il en
eſt qui pourront lever leurs regards vers les
Cieux, où ſe trouve la récompenſe d'un ver-
tueux labeur, qui ſaiſiront la réalité de cette
gloire que de nos jours la baſſeſſe réduit en
chimere : heureux ceux que ſon enthouſiaſme
poſſede ! ils parviendront à la connoître ;
l'envie de l'aimer, la difficulté de la ſuivre,
le plaiſir de l'entendre, le bonheur d'en jouir,
tout cela étant l'ouvrage de la Nature, & non
de notre volonté, notre deſtinée étant réglée
avant que nous ayions l'idée de notre pou-
voir & de notre foibleſſe, devant ſeulement
nous examiner avec vérité, & trouver le bonheur dans l'emploi propre des faveurs de
notre création ; je dirai donc : Artiſtes,
jugez-vous; tirez de la Sageſſe tout le courage néceſſaire à votre miſſion : vous aurez
des inſtans d'une jouiſſance divine, & jamais
votre front ne s'offrira à vos ſemblables, ſans
que des lauriers les diſpoſent à vous admirer.

F I N.